Die Lindenbrüder
Milan Johannes Meder

Milan Johannes Meder

Herstellung und Verlag: BoD – Books on Demand, Norderstedt
ISBN: 978-3-7460-8531-9

Erstes Kapitel

Ich, Karl, lebte mit meinem Ritter Michael im Lindental.

Ich lebte als Knappe ein glückliches Leben. Um unser Tal waren hohe Berge. Überall strömten große und kleine Bäche und Wasserfälle ins Tal.

Ich liebte den Frühling.

Alles blühte.

Der ganze Pfad um uns herum war weiß von herabgeschneiten Blüten.

In unserer Ritterburg lebte ich nicht nur mit meinem Ritter Michael, sondern wir lebten hier mit vielen Rittern und Knappen, mit Frauen und mit Kindern.

Es war ein buntes Treiben im Frühling. Kein einziger Ort war unbelebt. Die Bienen summten, die Kinder spielten, die Frauen wuschen die Wäsche im Fluss und die Männer hackten das Holz.

Die Blumen blühten üppig. Sogar auf der Burgmauer blühten kleine gelbe Blumen.

Hinter der Burgmauer fühlte ich mich immer ganz sicher. Es kam das Gefühl auf, daheim und geborgen zu sein.

„Hier ist unser Zuhause", sagte ich zu Michael.

„Ja, hier sind wir sicher", sagte er.

Wir gingen zum Stall. Unsere Pferde warteten schon auf uns. Freudig begrüßten sie uns. Wir griffen in ihre Mähne und schwangen uns auf ihre Rücken.

Meine Stute Aria war noch ganz jung.

Legrau schimmerte wie Mondlicht in unserem Fluss. Er war ein hochgewachsener Hengst und nur Michael konnte gut auf ihm reiten. Wir galoppierten um die Wette. Michael sah auf Legrau schöner als der schönste Prinz aus. Und wie er ritt! Kein Hindernis war ihm zu hoch. Kein Bach zu breit. In vollem Galopp konnte er sogar an der engsten Stelle über unseren Fluss springen. Seine Ritterrüstung blitzte im Sonnenschein und er flog wie auf einem magischen Einhorn über unseren Fluss.

Unser Leben fühlte sich unglaublich leicht und schön an.

Für mich gab es nur diese heile Welt.

„In unserem Lindental lässt es sich leicht leben", sagte Michael. In seiner Stimme war Traurigkeit.

„Ja, leider nur noch hier in unserem Tal ist das Leben friedlich", fügte er hinzu.

„Ich kenne nur unser Tal. Gibt es noch andere Täler, die nicht so friedlich sind?" wollte ich wissen.

„Ja. Leider ja. Und die Gefahr wird immer größer. Ich befürchte, dass auch bei uns der Frieden bald ein Ende haben wird."

Noch fühlte sich hier alles wunderbar an. Die Vögel zwitscherten, die großen und mächtigen Bäume rauschten im Wind und die Sonne schien.

Jeden Morgen beginnt hier das Leben in wahrhafter Freude. Der Tau glitzert auf dem Gras, die Hähne krähen und die Hunde bellen. Und wir galoppieren eine Ewigkeit. Ich kenne fast keine Angst.

Ein alter Mann kam uns entgegen.

„Guten Morgen, Michael und Karl", sagte Matthias freundlich.

„Heute Abend haben wir eine wichtige Besprechung", sagte er. Sein Ton wurde ernst. „Seid ihr heute Abend wieder zurück?"

„Ja, wir kommen", antwortete Michael. Dann überreichte Matthias Michael einen gefalteten Zettel und flüsterte ihm etwas ins Ohr.

„Werden wir ein Abenteuer erleben?" wollte ich wissen, als wir wieder zu zweit waren.

„Ja, leider. Am liebsten würde ich das Abenteuer vermeiden. Nicht nur unsere Leben sind in Gefahr", sagte Michael traurig.

Als wir an einen großen See kamen, machten wir uns zwei Angeln und wir fingen ein paar Fische. Wir machten ein Feuer und brieten die Fische über der Glut. Dann nahm Michael den Zettel, öffnete ihn und las die Botschaft. In seinen Augen war Schmerz und Angst. Er sagte jedoch kein Wort, knüllte den Zettel zusammen und warf ihn ins Feuer.

„Ist das eine Geheimbotschaft?" fragte ich.

„Ja. Ich darf dir nicht viel sagen. Nur, dass wir bald handeln müssen. Bist du bereit?"

„Für was?" fragte ich.

„Für den Kampf?"

„Nein, der Umgang mit Pfeil und Bogen fällt mir noch sehr schwer."

„Dann müssen wir jetzt üben."

Den ganzen Nachmittag schossen wir mit Pfeil und Bogen.

Michael war viel besser als ich. Er traf immer die schwierigsten Ziele aus großer Entfernung. Obwohl ich nur sehr langsam vorankam, hatte er eine unglaubliche Geduld mit mir.

Als die Dämmerung kam, galoppierten wir zu unserer Burg zurück. Dort versorgten wir unsere Pferde und gingen in den großen Saal. Alle Ritter und Knappen waren schon versammelt.

„Unsere Fledermäuse haben uns viele Nachrichten aus dem Birkental gebracht", sagte Matthias mit trauriger Stimme. „Alle Menschen haben dort den Kampf aufgeben müssen. Alle freien Menschen sind besiegt. Uns steht hier das gleiche Schicksal bevor. Die Übermacht ist unüberwindlich." Matthias blickte zu Michael.

„Es sei denn, wir kommen ihnen zuvor, befreien die Menschen im Birkental und stellen uns vereint der Übermacht entgegen."

„Wie lange könnten wir eine Belagerung, ohne die Hilfe aus dem Birkental, durchhalten?" fragte ein Ritter.

„Nur eine Woche. Unsere ganzen Wintervorräte sind aufgebraucht", sagte Matthias. „Ich frage noch einmal. Wer wagt den Ritt ins Birkental?"

Schweigen!

„Es ist die letzte Möglichkeit. In drei oder vier Tagen werden die Sasskuriden-Krieger hier sein. Sie werden uns bis zur Aufgabe unserer Burg belagern." Matthias schaute noch einmal traurig zu Michael.

„Ich werde noch heute losreiten", sagte Michael.

„Was ist mit dir?" fragte Matthias mich.

„Ich werde Michael nicht allein lassen", sagte ich etwas zögerlich.

Zweites Kapitel

Jetzt bekam ich Angst. Die Angst raubte mir fast den Verstand. Michael hatte mir erzählt, dass der Häuptling der Sasskuriden-Krieger kein Mensch sei, sondern eine Schlange. Und die Schlange wollte alles vernichten. Sie hatte einige, besonders gefährliche Krieger zu ihren Dienern gemacht. Viele Menschen hatte sie zu Sklaven gemacht. Jetzt wollte sie die letzten widerspenstigen Menschen besiegen.

„Michael, hast du Angst?"

„Nein! Angst habe ich nicht."

„Ist dein Mut unsere letzte Chance?"

„Vielleicht."

Bei mir wurde die Angst immer schlimmer.

„Michael, was stand auf dem Zettel, den Matthias dir gegeben hat?"

„Jetzt kann ich es dir sagen. Die sieben besten Ritter aus dem Birkental wurden aufgegriffen und sie sollen in drei Tagen von der Schlange den Todesbiss erhalten."

„Können wir das verhindern?"

„Ich hoffe", sagte Michael mit Nachdruck. „Unsere Aufgabe ist sehr gefährlich. Am liebsten würde ich dich hierlassen."

„Nein. Ich habe mich entschieden", sagte ich mit zittriger Stimme.

Die Nacht war herrlich. Einen schöneren Sternenhimmel hatte ich noch nie gesehen. Wir ritten in die Berge hinauf. Was für Berge! Wir ritten an vielen kleinen Seen und rauschenden Wasserfällen vorbei.

Da ging im Osten die Sonne auf. In unendlicher Farbenpracht leuchteten die Wiesenblumen auf. Nach einiger Zeit wurden die Wege steiler. Die Berge wurden wilder und bedrohlicher. Glücklicherweise hatten unsere Pferde keine Angst. Obwohl wir auf schmalen Felsvorsprüngen ritten, hatten sie keine Angst vor den Abgründen.

Wir ritten den ganzen Tag und begegneten keiner Menschenseele. Abends machten wir dicht an einem Bach ein Lagerfeuer, fischten einige Fische und brieten sie. Ein herrliches Mahl!

Es wurde dunkel um uns herum. Hinter uns kam die schwärzeste Nacht. Vor uns war die wärmende Glut. Wir sagten unseren Pferden gute Nacht und schliefen sofort ein.

Mitten in der Nacht wachten wir auf. Fremde Pferde hatten gewiehert. Hatten sie unsere Pferde wahrgenommen?

Dann hörten wir Männerstimmen. Gut, dass unsere Glut erloschen war und unsere Pferde keine Geräusche von sich gaben. Uns konnte man in der pechschwarzen Nacht nicht sehen.

Direkt an einem Felsvorsprung, nur wenige Meter von uns entfernt, hielten die Männer an.

Hatten sie Angst vor den Abgründen oder waren sie durch das Gewieher ihrer eigenen Pferde auf uns aufmerksam geworden? Wer waren sie? Was hatten sie hier oben zu suchen?

Hatte die Schlange unsere Pläne durchschaut? Waren wir jetzt verloren?

Mein Herz schlug mir bis zum Hals. Wenn Michael nicht neben mir gewesen wäre, wäre ich vor Angst bestimmt in Ohnmacht gefallen.

„Vielleicht sind die Männer Freunde?" flüsterte Michael. Langsam robbte er im Dunkeln auf die Stimmen zu. Als er wieder zurückkam, erzählte er mir, was er gehört hatte.

Leider war die Vorhut der Sasskuriden-Krieger auf dem Weg zu unserer Burg. Sie sollten uns abfangen und uns töten. Woher wussten sie von uns? Hatten sie unsere letzte Fledermaus abfangen können? Unsere Nachricht für Viktor, unseren letzten Verbündeten im Birkental? Wahrscheinlich! Michael hatte nicht alles verstanden. Manchmal hatten die Sasskuriden in einer anderen Sprache gesprochen. Es war, als ob durch sie die Schlange sprach. „Auch begannen ihre Augen zu funkeln und ihre schlitzartigen Pupillen bohrten sich in die Dunkelheit." Da war Michael schnell zurückgerobbt.

Drittes Kapitel

Es kam starker Wind auf, der das Gespräch der Männer bis zu uns herüberwehte.

„Unsere Macht ist die Angst der anderen Menschen", sagte einer der Sasskuriden-Männer.

„Ja, wenn wir den Knappen Karl fangen könnten, würde Ritter Michael sich für seinen Knappen aufopfern, somit hätten wir den mutigsten Ritter der Lindenbrüder in der Hand. Mit den anderen Lin-

denbrüdern würden wir dann auch fertig werden",
sagte ein anderer.

„Ja, das wäre die Lösung. Wir würden die letzte,
verfluchte Fledermaus aus meinem Beutel nehmen,
ihr eine Nachricht über die Gefangennahme des
Knappen auf den Heimflug mitgeben und damit
würden wir Michael schnell kleinkriegen", sagte ein
dritter.

„Anders würde es viel schwieriger werden. Es wird
gesagt, dass Michael im Kampf unbesiegbar sei und
dass er so schnell wie der Blitz reiten könne", sagte
der erste Mann.

Ich war unendlich stolz auf meinen Ritter. Vor ihm
hatten sie Angst. Meine Ohnmacht war fast verflo-
gen.

„Karl, wir müssen jetzt handeln. Nur mit einer List
können wir unsere Birkenbrüder im Birkental befreien. Wir wissen jetzt, dass die Sasskuriden Angst
vor mir haben. Das müssen wir ausnutzen. Ich
werde mich in deinem Knappengewand mit deiner
Stute Aria als Karl gefangen nehmen lassen.
Die Sasskuriden werden uns Lindenbrüdern dann
eine Fledermausbotschaft zukommen lassen.
Du wirst als Ritter Michael in meiner Rüstung
ihnen aber zuvorkommen. Du wirst uns auf Legrau
folgen."

„Michael, ich habe schreckliche Angst. Außerdem wird Legrau mich nicht akzeptieren."

„Karl, vertraue mir und Legrau. Er spürt die große Gefahr. Er wird dich nicht im Stich lassen. Zieh jetzt schnell die Rüstung an. Ich behalte nur mein Schwert. Kurz vor dem Birkental wirst du uns überrumpeln. In diesem Moment werden die Sasskuriden mich bedrohen, um dich zu erpressen. Karl, verstehst du meinen Plan? Bist du einverstanden?"

„Ja, Michael. Wirst du dich gleich gefangen nehmen lassen?"

„Ja." Schnell zog sich Michael meine Kleidung an, befestigte sein Schwert zwischen seinen Schulterblättern und zog meinen Umhang an. Dann streichelte er Legrau zum Abschied und nahm Aria an den Zügeln.

Ich blieb bei Legrau zurück und streichelte ihn. Langsam näherte sich Michael den Sasskuriden. Am Felsvorsprung angekommen ließ er einen großen Stein fallen, welcher mit explosionsartigem Lärm zu Tal ging.

„Was ist hier los?" brüllte der erste Sasskuriden-Krieger. Der zweite Krieger packte Michael unsanft am Hals und schrie: „Hast du hier spioniert? Das wird dich und deinem Ritter Michael das Leben kosten."

„Ich habe nicht spioniert", sagte Michael mit verstellter Stimme.

„Willst du behaupten, du hättest gar nichts gehört? Unser Grölen und unsere Nachtmusik?" fragte der dritte.

„Natürlich habe ich eure Gesänge gehört", log Michael.

Die Sasskuriden sahen sich an. Sie waren sich sicher, dass Michael nichts gehört hatte.

„Du bist jetzt unser Gefangener", sagte der erste. Schnell schrieb er eine Botschaft, die er an die Fledermaus in seinem Beutel band. Dann ließ er die Fledermaus fliegen.

„Bald wird auch dein Ritter unser Gefangener sein", sagte er zufrieden.

Sie ritten los. Über den Bergen ging die Sonne auf. Alles glühte und flammte.

In sicherem Abstand folgte ich den drei bösen Rittern und Michael.

Von weitem konnte man die Burg vom Birkental erahnen. Noch lag das Tal im Schatten. Bald würde auch hier die Sonne alles erleuchten.

Ein paar Mal bin ich in meinem Leben mutig gewesen. Jetzt war wieder so ein Moment gekommen. In voller Rüstung galoppierte ich auf Legrau den Rittern und Michael hinterher.

Für einen Moment waren die Ritter wie gelähmt. Sie waren zu Tode erschrocken. Den mutigen Ritter Michael hatten sie nicht in der Morgensonne erwartet.

„Halt!" schrie der erste Sasskuride mit zittriger Stimme. „Ritter Michael, komme uns nicht zu nah, sonst töten wir deinen geliebten Knappen."

Das war der Moment für Michael. Er zog sein Schwert und entwaffnete die Sasskuriden mit drei blitzschnellen Schwerthieben.

Im nächsten Moment war ich bei Michael. Wir entfernten die drei Ritterrüstungen, fesselten die drei bösen Ritter und schleppten sie in eine Höhle. Dort ließen wir auch unsere Pferde Aria und Legrau zurück.

Wir zogen uns zwei schwarze Rüstungen an, nahmen die Schilde, die mit einem großen Schlangenkopf bemalt waren und ritten auf den zwei schwarzen Pferden den Hang hinunter. Die dritte Rüstung war gut auf dem dritten Pferd festgebunden und unter einer großen Decke versteckt. Wir führten das Sasskuriden-Pferd hinter uns her.

Viertes Kapitel

An der Burg angekommen, klopfte Michael mit seinem Schwertknauf an das eiserne Tor. Eine Luke öffnete sich und ein Sasskuride steckte den Kopf hinaus.

„Wie ist das Einlasswort?" schrie er.

„Die Schlange ist unsere Retterin", antwortete Michael mit verstellter Stimme.

Der Mann in der Luke sah uns an und fragte: „Warum seid ihr nur zu zweit? Wo ist euer dritter Mann?"

„Er wurde vom Ritter Michael in den Bergen erschlagen. Lass uns in die Burg. Wir müssen zum obersten Rat. Mit einigen Kriegern wollen wir uns dann rächen."

„Ja. Rache! Das ist richtig", sagte der Kerl und ließ uns in die Burg.

Hinter der Burgmauer waren mehrere kleine Häuser. Eines gehörte Viktor. Wir klopften an seine Tür.

In Todesangst sah er uns in den schwarzen Rüstungen der Sasskuriden-Krieger.

„Viktor, du brauchst keine Angst zu haben. Wir sind deine Freunde", sagte Michael.

Wir führten die Pferde in den Stall und nahmen erst unsere Helme ab, nachdem Viktor die Tür geschlossen hatte. Lange drückten und umarmten wir uns. Unendlich groß war die Wiedersehens-freude. In der Küche hatte Viktor einen Topf mit Suppe auf den Tisch gestellt.

„Leider kann ich euch nur diese wässrige Brühe anbieten. Wenn das hier so weiter geht, werden wir bald alle verhungern", sagte Viktor.

„Wenigstens etwas Warmes im Bauch", sagte ich.

„Viktor, morgen werden die sieben Birkenbrüder sterben, wenn wir sie nicht befreien", sagte Micha-el. „Wir haben für dich eine Rüstung mitgebracht. Zu dritt werden wir sie hoffentlich aus der Schlan-gengrube holen. Der Wachtposten denkt, dass wir Verstärkung vom obersten Sasskuriden-Rat be-kommen.

Viktor, ziehe schnell die Rüstung an. Wir müssen aufbrechen."

Am Burgtor wurden wir ehrfürchtig empfangen.

„Nur zu dritt! Der oberste Rat ist aber heute geizig. Ich hoffe, dass ihr zu dritt den berühmten Ritter Michael besiegen werdet", sagte der Torhüter und öffnete das Tor.

Fünftes Kapitel

Die Nacht schliefen wir in einem Birkenwäldchen. Früh wachten wir auf. Wir froren. Sehr ruhig war es hier. Kein Vogelgezwitscher. Irgendwie traurig, einsam und beängstigend.

Waren wir schon in das innere Machtgebiet der Schlange gekommen? Schwand mir der letzte Mut deswegen so schnell?

Plötzlich brach die Sonne durch die neblige Traurigkeit. Die Vögel begannen zu zwitschern. Alle Traurigkeit und Angst verflog. Die Sonne wärmte meine Glieder. Und warm wurde mir bis in die Fingerspitzen.

Das schönste aber war, dass wir hier vereint ritten: Michael, Viktor und ich.

An einem Bergsee in der Nähe eines sehr großen Wasserfalls war die Brücke ins Kerngebiet der Schlange. Dort angelten wir Fische, die wir über einem Feuer brieten. Alles schmeckte sehr gut. Und satt wurden wir endlich.

Als wir die Brücke passieren wollten, galoppierten uns fünf Sasskuriden entgegen. Sie versperrten uns den Weg.

„Wie lautet die Geheimbotschaft?" fragte einer.

„Die Schlange ist unsere Retterin", antwortete Michael.

„Das reicht uns nicht aus", sagte der zweite.

„Nehmt eure Helme ab."

„Nein", sagte Michael. Wir sprangen von unseren Pferden ab und waren zum Kampf bereit.

Mit fünf Männern würden wir wohl fertig werden. Aber irgendetwas stimmte nicht. Eine seltsame Vorahnung packte mich. Angst schnürte mir die Kehle zu.

Plötzlich zuckten Blitze und ein Donnerknall ertönte, der die Bergwand im Reich der Schlange zum Einstürzen brachte. Ein schreckliches Unwetter brach über uns herein. Es wurde finster und eisig kalt. Dann hörte ich ein eisiges Zischen. War das die Schlange? Ich sah nichts.

Die fünf Sasskuriden ergriffen die Flucht. Hatten sie Angst vor ihrer eigenen Schlange?

„Michael, was hat das zu bedeuten?" fragte ich.

„Die Schlange kennt keine Gnade. Sie tötet wahllos. Manchmal tötet sie auch ihre eigenen Männer."

„Woher kommt sie?" wollte ich wissen.

„Sie kommt aus der Urzeit. Durch böse Taten wird sie immer mächtiger. Gute und mutige Taten schwächen sie?"

„Ist sie unsterblich?"

„Leider ja. Sie haust hinter der Brücke in einer großen Höhle. Gute Taten lähmen und fesseln sie, böse Taten machen ihre Ketten spröde und brüchig."

„Wird sie ihre Ketten sprengen?" fragte ich außer Atem.

„Vielleicht."

Mein Entsetzen wurde immer größer.

„Ich habe solche Angst, Michael. Sie wird uns töten."

„Ja, vielleicht."

„Hast du denn keine Angst vor dem Tod?"

„Nein. Einmal müssen wir sterben. Wenn wir die sieben Birkenbrüder befreien können, schwächen wir ihre dämonische Macht. Vielleicht werden die sieben Brüder die anderen Birkenbrüder befreien und mit unseren Lindenbrüdern alle Sasskuriden entmachten."

„Werden wir nicht am letzten Kampf teilnehmen?" fragte ich ungläubig.

„Ich glaube nicht. Vielleicht wird die Schlange dein Leben verschonen."

„Nein, Michael. Falls du sterben solltest, will ich mit dir gehen."

Sechstes Kapitel

Ja, ich sah die Höhle. Da war ein schwarzes Loch! Hatten wir den Zugang zur Höhle gefunden? Das Loch war nicht groß. Für eine ausgehungerte Schlange war es groß genug. Würde die Schlage uns wahrnehmen? Wie weit konnte sie ihr Gift spritzen? Würde sie jetzt schon ihre Ketten sprengen können? War ihre Kraft groß genug?

All diese Fragen schossen mir durch den Kopf.

Das Schlangenloch war groß genug für uns. Voller Angst starrte ich in den finsteren Schlund. Michael legte seinen Arm auf meine Schulter und drückte mich fest.

„Karl, ich will das größte Abenteuer wagen."

„Ich auch", flüsterte ich.

„Willst du nicht lieber zu Aria und Legrau gehen? Unsere Pferde vermissen uns."

„Nein, Michael, ich gehe mit dir in die Hölle. Ich habe Todesangst. Ich will bei dir sein", sagte ich. Es war der böseste Traum, den wir erlebt hatten. Kalt, schwarz, glitschig! Hier hauste die ewige Angst! Alles war von Bosheit verpestet.

Das Atmen fiel uns schwer. Die Luft war dick.

Eine schreckliche Stille umgab uns. Trotzdem hörte ich in der Stille all die Toten sprechen.

„Bist du für die Höllenwanderung bereit?" fragte mich Michael.

„Ja."

Wir mussten den ganzen Berg durchqueren. Unser Weg ging erst durch enge unterirdische, höhlenartige Gebilde und dann durch eine riesige Grotte.

Dann wurde es so eng, dass wir fast steckenblieben.
Zwischendurch mussten wir auch schwimmen und
über gähnende Abgründe klettern. Es schimmerte
ein milchiges Licht.
Fast wäre ich einmal abgestürzt, wenn Michael
mich nicht gehalten hätte.
Nach dem Abgrund kamen wir wieder in einen
unterirdischen Gang. Es ging tief unter die Erde.
Wir kamen in die tiefste und schwärzeste Finsternis.
Würden wir noch rechtzeitig zu unseren sieben
Birkenbrüdern kommen?
Oder waren die drei Tage schon abgelaufen? Wir
hatten kein Zeitgefühl mehr. In der Finsternis ging
es ewig so weiter.
Irgendwann schimmerte wieder ein milchiges Licht
und wir kamen in eine Höhle.
Viktor ergriff jetzt das Wort: „Meine Brüder, seid
ihr hier?" Von vielen Seiten kam das Echo zurück.
Und nicht nur das. „Unsere Rettung", hörten wir
den siebenstimmigen Männerchor. „Wie habt ihr
uns gefunden?"
„Das wissen wir auch nicht", antwortete Viktor.
„Warum seid ihr nicht geflohen?"
„Das hätten wir niemals gewagt. Hier haust die
Schlange. Sie lässt niemanden entkommen", sagte
einer der sieben Birkenbrüder enttäuscht.

Siebtes Kapitel

In dieser Nacht führten wir die Birkenbrüder durch
die Hölle. Jederzeit warteten wir darauf, dass die
Schlange aus dem Untergrund kommen würde.
Nach einem langen, engen Gang verschnauften wir
und aßen Ziegenkäse und etwas Brot. Die Birkenbrüder waren über diese Mahlzeit so glücklich, als
ob es das beste Essen der Welt wäre.
Dann hörten wir die Schlange. Sie hatte auch Hun-
ger.
Sie hatte uns belauert und war uns so dicht auf den
Fersen, dass wir ihr Gift riechen konnten. Da
schoss ein Giftstrahl auf Michael. Ihn wollte sie
zuerst töten. Er war der Mutigste von uns allen.
„Rennt um euer Leben. Haltet nicht an! Rennt!
Rennt!" sagte Michael.
Und wir rannten um unser Leben. Lange rannten
wir. Mir blieb die Luft weg. Auch die Birkenbrüder
konnten nicht mehr. Sie waren von ihrer Gefangen-
schaft geschwächt. Wir wurden immer langsamer.
Meine letzte Überlebenshoffnung schwand.
Fast waren wir am Bergausgang angekommen.
Doch spürten wir die Unerbittlichkeit der Schlange. Unser Vorsprung schmolz dahin. Überall spürte
ich das lähmende Gift. In Michael begann es schon
zu wirken.

Wir waren verloren. Wir wussten es. Und die Schlange wusste es auch. Wir spürten ihren teuflischen Triumph in unserem Rücken. Ihre Augen brannten sich wie zerstörerische Fangarme in unsere Haut ein.

Die Schlange wurde langsamer. Hatte sie das Interesse an uns verloren? Nein! Ich drehte mich um und sah in ihre höhnisch glotzenden Augen. Sie war sich ihrer Beute sicher.

Warum tötete sie uns nicht alle? Wollte sie uns noch quälen?

„Ihr sieben Birkenbrüder, lieber Viktor, lieber Karl", sagte Michael mit Tränen in den Augen.

„Ich möchte, dass ihr lebt. Bitte rennt weiter. Eure letzte Lebenskraft wird euch retten. Karl, grüß mir Aria und Legrau. Ich glaube an die echte Befreiung. Ihr werdet das Birken- und das Lindental retten."

Michael nahm all seinen Mut zusammen, drehte sich um und rief zur Schlange: „Du wirst meine Freunde nicht töten."

Die Schlange hielt inne. Noch nie hatte ein Mensch in ihrer Gegenwart seine Todesangst überwunden. Michael schlug mit seinem Schwert direkt auf den Schlangenkopf. Leider konnte das Schwert den magischen Schutzpanzer des Schlangenkopfes nicht spalten.

Plötzlich warf die Schlange sich mit ihrem übelsten Zischen auf Michael. Sie würgte ihn so heftig, dass ihm die Luft wegblieb. Dann biss sie zu.

„Karl, bitte geh weiter", flehte mich Michael an. „Wir sind für immer miteinander verbunden. Auch der Tod kann uns nicht scheiden. Du hast deine Aufgabe noch nicht vollbracht. Bitte geh mit den Birkenbrüdern. Wir werden uns bald wiedersehen. Leider werde ich dich im nächsten Leben nicht beschützen können. Ich habe zu viel Schlangengift aufgenommen und muss den zerstörerischen Kräften im nächsten Leben dienen. Aber dann wird noch ein Leben kommen. Da werden wir unzertrennliche Brüder sein", mit diesen Worten verstarb Michael vor meinen Augen.

TEIL II
Einige Jahrhunderte später

Anfang März 1904 wurde ein sehr musikalisches Kind geboren. Noch war nicht entschieden, ob es ein guter Musiker oder ein böser Tyrann werden sollte.

Die Schlange war über Jahrhunderte in einen tiefen Schlaf verfallen und dämmerte noch vor sich hin.

Also, noch standen die Sterne für das musikalische Kind günstig. Der Vater war Komponist und Opernsänger und die Mutter die Tochter des Leiters des königlichen Konservatoriums in Dresden. Das Kind wurde katholisch erzogen. Es besuchte das Gymnasium und hatte sehr gute Noten in Chemie. Es spielte mehrere Instrumente, besonders die Violine beherrschte es fabelhaft.

Als achtzehnjähriger, junger Mann wurde er Seekadett in der Marine, mit zweiundzwanzig war er Leutnant zu See und mit vierundzwanzig Oberleutnant.

Mit sechsundzwanzig lernte er seine spätere Frau kennen. Sie hatte von Anfang an mit ihren nationalsozialistischen und antisemitischen Gedanken starken Einfluss auf ihn. Leider war er manipulierbar. Und er ahnte noch nicht, dass gerade ihn die Schlange als Schachfigur ausgesucht hatte.

Mit siebenundzwanzig wurde er wegen Unaufrichtigkeit entlassen. Daraufhin gab er sich tagelang dem Selbstmitleid hin. Um wieder Zugang zu einem strukturierten Leben zu bekommen, wurde er Mitglied der SS.

Plötzlich schlug die Schlange zu.

„Ich bin die Kraft der Zerstörung und der unendlichen Macht. Du hast meinen Weg gewählt. Ich werde dich unterstützen und dich zum größten General der Polizei machen. Bald wirst du den himmlischen Himmler kennenlernen. Mit meiner Hilfe wirst du ihn um den Finger wickeln", sagte die zischelnde, schlangenartige Stimme in seinem Innern.

Hundert Jahre nach dem Mord an Kaspar Hauser war die Schlange erwacht. Diesmal sollte ihre Macht bis ins Unermessliche gehen.

Auch Michael lebte wieder. Auch er musste der Schlange dienen. Er durchschaute aber ihre Vernichtungskraft und lehnte sie ab. Unendliches Mitleid hatte er mit allen leidenden Menschen. Besonders das Schicksal von Herta Lindner, ihres Vaters und der Lindenbrüder berührte ihn tief.

Schon mit neun Jahren war Herta in die sozialistische Kinderorganisation „Falken" eingetreten. Mit siebzehn war sie die Mitbegründerin der Ortsgruppe Mariaschein. Immer bemühte sie sich um die Verständigung zwischen deutschen und tschechischen Menschen. Mit neunzehn ging sie dann nach Dresden.

Mit einundzwanzig Jahren erlebte sie den ganzen Sommer und Herbst eine wunderbare Wander- und Kletterzeit mit ihren Lindenbrüdern.

Leider wurde sie dann Ende November verhaftet und Ende März 1943 mit ihrem Vater hingerichtet. Michael spürte tief in seinem Innern die Verbundenheit mit Herta und allen Lindenbrüdern. In den unergründlichen Regionen seiner Seele wusste er, dass sein liebster Karl vom SS-Terror vernichtet worden war.

Im Sommer 1942 wurde die Schlange geschwächt. Glücklicherweise war der tschechische Widerstand so mutig und stark geworden, dass der oberste General der Polizei bei einem Attentat in Prag verletzt wurde und acht Tage später starb.

Unbarmherzig wütete die Schlange in den Gedanken, Gefühlen und Taten der SS-Leute noch weitere drei Jahre. Ihre Tötungs- und Zerstörungskraft war unbeschreiblich.

Der Kummer und der innere Schmerz zerfraßen Michael. Er wollte nicht mehr leben. Und er ließ sein Leben im Krieg zurück.

TEIL III
Das Wüten der Schlange in der Neuzeit

1986 war es wieder soweit. Die Schlangenbestie hatte im Osten die Ketten gesprengt. In Tschernobyl passierte die größte Atomkatastrophe. Tausende Menschenleben wurden vernichtet.

Im Westen begann langsam die Digitalisierung. Auch hier würde die Schlangenbestie in einigen Jahren tausende Menschleben fordern.

Hatte die unbesiegbare Schlangenmacht ihr Ziel erreicht? Gab es keinen menschlichen Mut mehr?

Wo waren die Linden- und die Birkenbrüder? Wo war Michael und wo war Karl?

Sie lebten wieder.

Jetzt war Michael endlich der große Bruder von Karl. Zwei unzertrennliche Brüder. Keine Angst, kein Leid und keine böse Schlangenmacht konnten sie auseinanderreißen.

Sie lebten in einer Familie in der Nähe vom Rosenthal.

Erst besuchten sie einen Kindergarten und dann eine Schule.

Jedes Jahr feierten sie mit den Tschernobylkindern einen großen Gottesdienst und ein Wiedersehensfest.

„Michael, haben wir die Schlange endlich besiegt?"
fragte Karl.

„Nein! Die Schlange ist unbesiegbar. Wir können
sie nur schwächen, indem wir gute Gedanken he-
gen", antwortete Michael.

„Michael, was wirst du nach der Schule machen?
Wo wird dein Weg hingehen?"

„Ich will die Welt kennenlernen. Vielleicht werde
ich eine Weltreise machen und mir an verschiede-
nen Orten der Welt eine Arbeit suchen. Wo wird
dein Weg hingehen, Karl?"

„Ich werde in der Natur leben. Ein einfaches Leben. Ich werde ein Lehmhaus bauen und mich einer Menschengemeinschaft anschließen. Im Winter
werden wir dort viel singen, musizieren und uns
abends am Kamin Geschichten erzählen. Im Früh-
jahr, im Sommer und im Herbst wird unser Leben
durch die Natur bestimmt. Wir werden unser eige-
nes Gemüse und Getreide anbauen."

„Werdet ihr auch Tiere haben?"

„Natürlich. Ohne Milch, Schafs- oder Ziegenkäse
könnte ich mir kein Leben vorstellen. Ab und zu
werden wir auch angeln und unsere Fische über
dem Feuer braten.

Erinnerst du dich noch an unsere Ritterzeit im
Lindental?"

„Ja, Karl. An unsere herrlichen Ausritte mit Legrau
und Aria erinnere ich mich sehr gut. Den wilden

Galopp durch die glitzernden vom Tau benetzten Wiesen und unseren Ritt in die Berge werde ich nie vergessen."

„Erinnerst du dich noch an unsere erste Begegnung mit den Sasskuriden? Ich wäre vor Angst fast gestorben."

„Ja. Und meinen letzten Kampf mit der Schlange werde ich auch nicht vergessen. Er hat sich tief in meine Seele gebrannt."

„Michael, werden wir in diesem Leben Abenteuer zu bestehen haben?"

„Ja. Schon bald wird wieder eine große Lebensprüfung mit der Schlange stattfinden."

„Michael, wird die Schlange uns noch einmal spalten können oder wirst du für immer mein Wegbruder sein?"

„Karl, unser Seelen- und Lebensband ist unzertrennlich. Keine böse Macht der Welt kann uns auseinanderreißen. Wir werden für immer eins sein."

„Müssen wir bald sterben?"

„Ich hoffe, nicht."

Zweites und letztes Kapitel
Fünf Jahre später. Michael befindet sich in Nevada (Las Vegas)

„Ich bin reich. Ich besitze viele Häuser. Bald werde ich sterben.

Was kann ich der Menschheit schenken, bevor ich meinen letzten Atemzug machen werde?

Die wunderbare Macht der Technologie und der Digitalisierung wird uns sicherlich in eine friedliche Zukunft führen. Es wird keine Weltkriege mehr geben. Wir werden gesünder, klüger, stärker und mitfühlender sein.

Nur eins macht mir Sorgen. Die Fruchtbarkeit der Menschen! Die Überproduktion! Ist das nicht die böse Schlange, die wir besiegen müssen?" fragte der reiche Amerikaner.

„Ich sehe das nicht so. Heute müssen wir uns nicht mehr bekämpfen. Wir müssen keine Grenzen zwischen reich und arm ziehen. Für alle ist genug da. Die Schlange, von der Sie sprechen, ist keine äußere Macht der Überbevölkerung", sagte Michael.

„Was ist sie dann?"

„Sie ist in unserem Innern. Dort findet der Kampf zwischen Gut und Böse statt."

„Wie soll ich mir das vorstellen?"

„Ganz einfach. Jeder Gedanke hat eine lichte und eine dunkle Seite."

„Meinst du, dass jeder Gedanke in das ein oder andere Extrem hineingehen kann."

„Ja."

„Woran merke ich das Extrem?"

„Am Pendelschlag durch die Mitte."

„Ja, natürlich. Mein Lebensfluss ist immer um die Mitte gependelt. In der Mitte habe ich immer die Ruhe und den Frieden gefunden. Kann denn die Schlange nicht in meine, deine und unsere Mitte hineinkommen?"

„In der Mitte ist die Schlange machtlos. Dort können wir sie erlösen", sagte Michael.

„Gut. Dann werde ich keine Menschen erschießen. Ich werde keine Angst mehr vor der Überbevölkerung haben.

Ich werde mich um meine Mitte kümmern. Danke, Michael. Danke."